PLANT 1225

W9-BZP-577

LA PRINCESA PIENSA EN ELLA

Título original: *Princess Smartypants*
Traducción: Eudald Escala

© 1986 by Babette Cole
© Ediciones Destino, S.A.
Énric Granados, 84. 08008 Barcelona
Primera edición: noviembre 1988
Segunda edición: julio 1990
Tercera edición: noviembre 1995
Cuarta edición: diciembre 1996
Quinta edición: marzo 1998
ISBN: 84-233-1689-0
Depósito legal: B. 8.886-1998
Impreso por Gayban Grafic, S.A.
Almirante Oquendo, 1-9. Barcelona
Impreso en España - Printed in Spain

LA PRINCESA LISTILLA

Babette Cole

Ediciones Destino

La Princesa Listilla no se quería casar.
Vivía muy bien soltera.

Era tan bonita y tenía tanto dinero, que todos
los príncipes querían casarse con ella.

Lo que de verdad le gustaba a la Princesa Listilla era vivir en el castillo con sus mascotas y hacer todo lo que le viniera en gana.

— Ya va siendo hora de que sientes
la cabeza
—le dijo su madre, la Reina—.
¡Déjate de tantos animales
y busca marido!

— ¡Soy el mejor! ¡Cásate conmigo!
—gritaban los pretendientes frente al castillo.
— ¡Vale! —dijo la Princesa Listilla—, me casaré con el
que sea capaz de cumplir mis deseos.

Mandó al Príncipe Abonado que detuviera a las babosas que se comían las flores de su jardín.

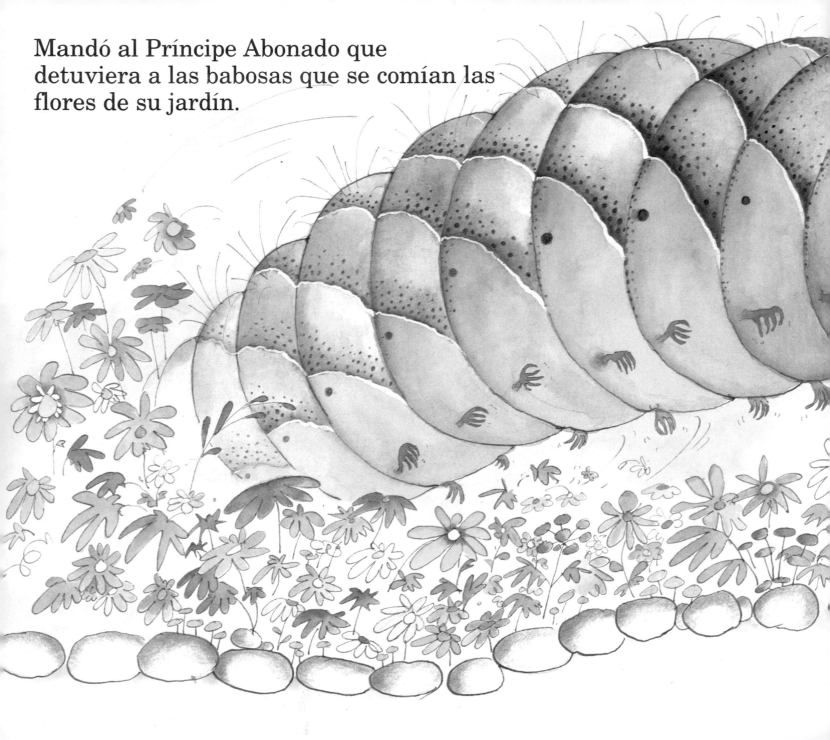

Pidió al Príncipe Atacapronto
que diera de comer
a sus animalitos.

Desafió al Príncipe Pelvis
a un maratón de baile
sobre patines.

Invitó al Príncipe Huesostiernos a
atravesar el país en su moto de cross.

Llamó al Príncipe Vértigo
para que la rescatara de la torre.

Envió al Príncipe Chupadedos al bosque real
a cortar leña.

Desafió al Príncipe Jarrete
a que amaestrara a su
poni.

Ordenó al Príncipe Canijo
que acompañara a su madre,
la Reina, de compras.

Pidió al Príncipe Flotapoco que recuperara el anillo mágico del estanque de los pececillos de colores.

Ningún príncipe pudo satisfacer los deseos de la princesa y todos se fueron muy tristes.
— ¡Se acabó! —dijo la Princesa Listilla más contenta que unas pascuas.

Pero entonces apareció el
Príncipe Fanfarroni

Detuvo a las babosas que se comían las flores del jardín…

…dio de comer a los animalitos…

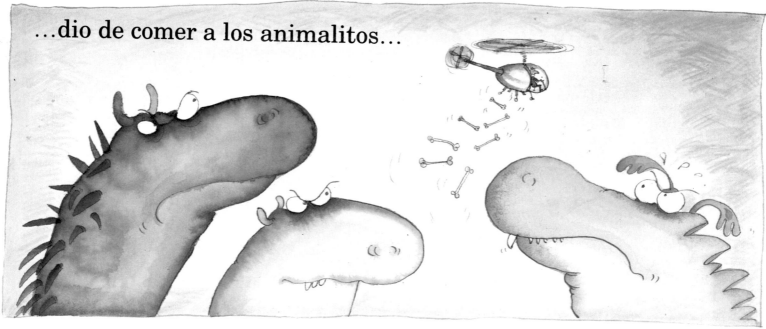

…bailó sobre patines
hasta el alba…

…atravesó el país
haciendo moto-cross…

Rescató a la princesa de la torre.

Fue al bosque a cortar leña.

Incluso amaestró a su espantoso poni…

Fue de compras con su madre, la Reina,

y recuperó el anillo mágico del estanque de los peces de colores.

Pero el Príncipe Fanfarroni no sabía con quién se las tenía que ver.

La princesa le dio un beso mágico…

...y lo convirtió en un sapo
gigante y lleno de verrugas.

El Príncipe Fanfarroni se marchó
a toda prisa.

Cuando los demás príncipes
supieron lo que le había sucedido
al Príncipe Fanfarroni,
ninguno quiso ya casarse con
la Princesa Listilla…

…que vivió feliz por
siempre jamás.